EPITRE

A

L'AMITIÉ.

AVERTISSEMENT

DE

L'IMPRIMEUR.

LE hazard nous a fait tomber entre les mains un petit ouvrage plein de Philosophie, de mœurs & de senti-ment; l'Amitié y est peinte avec des traits si nobles & si touchants que nous n'avons pu résister au désir de l'imprimer. L'Auteur, quelqu'il soit, nous pardonnera ce larcin; il ne

A iij

peut tourner qu'à fa gloire, & au profit de l'aimable vertu qu'il femble n'avoir chantée que pour la faire connoître & l'infpirer.

EPITRE
A
L'AMITIÉ.

Non tam utilitas parta per amicum
Quam ipfe amici amor delectat. Cic.

NOBLE Compagne des difgraces !
Sœur & rivale de l'Amour,
Sans fes défauts ayant fes graces
Et fes plaifirs fans leur retour,
Qui t'enrichis, qui nous confoles
Des pertes cheres & frivoles
Qu'il fait dans nos cœurs chaque jour ;
O toi, dont les douceurs chéries
Font l'objet de mes rêveries

A iv

Entre ces fleurs, fous ce berceau,
Amitié, doux nom qui m'enflame !
Befoin délicieux de l'ame,
Je reprens pour toi le pinceau.

Mais où t'adreffer mon hommage ?
Où te trouver, charme vainqueur ?
Quels lieux embellit ton image
Comme elle eft peinte dans mon cœur ?
Au fein des Cités répandue,
Cherchant l'opulence & les rangs,
Vas-tu, complaifante affidue,
Languir à la fuite des Grands ?
Te trouverois-je confondue
Dans la foule de tes Tirans ?
Mais non. Ce n'eft que ton Fantôme
Qu'on voit errer fous les lambris.
Des Ruines & des Débris,
L'ombre des Bois, un Toît de chaume,
De noirs Cachots font ton Pourpris.

Tu fuis le Fafte & l'Impofture.

Tu vas, loin des folles rumeurs,

Chercher au fein de la Nature

La Paix, l'Égalité, les Mœurs.

Sous le foyer qui l'a vû naître,

Tu prends plaifir à vifiter

Le Sage occupé de fon Etre,

Le feul, qui fache te connaître,

Le feul, qui fache te goûter ;

Tu viens, dans les belles foirées,

Quand les jeunes amans des Fleurs

A leurs beautés défigurées

Rendent la vie & les couleurs ;

Tu viens fans bruit, mais gaie & tendre,

Tu viens, avec la Liberté,

Agréablement le furprendre

Sous le Tilleul, qu'il a planté ;

Et fans attendre qu'il t'invite,

Tu cours, aimable Parafite,

T'asseoir à table à son côté,

Te rapprochant des mœurs antiques,

Et préférant les mets rustiques,

Sur sa table servis sans choix,

A ces festins asiatiques,

Où l'on s'ennuie avec les Rois.

Dans cette sage & libre Orgie

Quels traits, quel mélange charmant

Et de candeur & d'énergie,

Et de sublime & d'enjoûment !

Quel long & doux épanchement

D'esprit, de cœur, de caractere !

Quel intérêt, quel agrément,

Quel plaisir pur que rien n'altere !

La nuit n'est pour vous qu'un moment ;

Et le Soleil vous trouve encore,

Au milieu des parfums de Flore,

Sous le Tilleul, la coupe en main,

Libres des soins du lendemain,

Dans le sein de la Confiance,

Disputant d'Arts & de Science,

Et des erreurs du genre-humain.

O joie ! ô douceur inconnue

Au Vice, à la Frivolité !

Viens donc ainsi, Nimphe ingénue,

Porter dans mon obscurité

Le jour de la Félicité.

Parois sous ce berceau champêtre,

Et, par ta présence, éclaircis

Les vapeurs qu'autour de mon être

Exhale l'essain des Soucis.

Fais succeder ta douce flâme

Au feu rapide & destructeur

Qu'allument encor dans mon ame

L'âge, & ton frere séducteur.

Sois mon oracle & mon modele,

L'appui, la compagne fidele,

Et le Témoin de tous mes pas.

Sans tes folitaires appas ,

Que font les douceurs de la vie ,

Les biens les plus dignes d'envie ? ...

Qu'eft-ce que tout , où tu n'es pas ?

Je vois , fous la Pourpre fuprême ,

Entre les bras du Bonheur même ,

Gémir les Dieux du genre humain ,

Pofer l'orgueil du Diadême

Et la Foudre qu'ils ont en main ,

Et s'échappant , loin de leur Temple ,

A l'Univers qui les contemple ,

Dans l'ombre te chercher en vain ;

Je les vois défirer d'être hommes ,

Envier l'état où nous fommes

Pour fe repofer dans ton fein.

Sans toi , l'homme s'affaiffe & tombe

Dans le néant de la langueur :

Arbriffeau foible & fans vigueur ,

Il cede aux vents, il y fuccombe,

Et rampe en proie à leur rigueur.

A l'abri même des tempêtes,

Au milieu des jeux & des fêtes,

Son cœur s'abbat & fe flétrit

Tel qu'une vigne fortunée,

Qui loin de l'Aquilon fleurit

Sous un Ciel pur qui lui foûrit,

A fa foibleffe abandonnée,

Vers le fable panche entraînée,

Et fous fes propres dons périt.

Par toi, l'homme augmente fon être;

Il fe reproduit dans autrui;

Et fous le Dais & fous le Hêtre,

Tu lui fais moins fentir l'ennui

Ou mieux goûter le plaifir d'être,

Par la douceur de ton appui,

De ses besoins vive interprête
Malgré ses soins à les cacher,
Tu vas, généreuse & discrete,
Par la route la plus secrete
Au fonds de son cœur les chercher.
Tu le calmes dans ses allarmes :
Tu taris le cours de ses larmes :
Tu rompts l'effort de sa douleur ;
Et tu retiens, & tu défarmes
Son bras armé par le Malheur.
Tu portes plus loin tes services ;
Tu l'arraches du sein des vices ;
Heureuse dans l'art d'émouvoir,
Ta voix aussi douce que libre,
Par son insinuant pouvoir,
Remet son cœur dans l'équilibre ;
Et le rappelle à son devoir.

(Quel est ton suprême mérite !)
Seul bien, qu'il doive souhaitèr,
Tu lui restes, quand tout le quitte,
Sans lui laisser rien regretter.

Viens donc, compagne chaste & pure,
Fille du Ciel, objet vainqueur,
Viens sous mon toît, viens dans mon cœur
Habiter avec la Nature !
Du fonds de mon obscurité
Je t'appelle sans imposture ;
J'ignore la Cupidité.
Ah ! si, dans mon indifférence,
Par toi je me laisse charmer,
C'est sans projet, sans espérance !
J'aime pour le plaisir d'aimer.

Qu'un autre, dégradant son Etre,
Aille, sous ton nom, courtiser
Ces Grands, si peu dignes de l'être,

Que l'on apprend à méprifer
En apprenant à les connoître ;
Profanant tes facrés liens ,
Que , dans l'ombre , fon ame vile
En faffe un inftrument fervile
Pour n'ufurper que de faux biens.

Pour moi , de ta beauté fuprême
L'efprit frappé , le cœur épris ,
Je ne cherche en toi que toi-même ;
Toi feul , à mes yeux , fais ton prix.

Mais quoi ? Se peut-il qu'on t'immole ,
Source féconde en vrais tréfors ,
Au foible efpoir d'un bien frivole ,
Qui de nos mains fuit & s'envole ,
Et ne laiffe que des remords ?
Que font un Sceptre , une Couronne ,
Un Dais que la foudre environne ,
Au prix d'un feul de tes tranfports ?

Difparoiffez

Disparoiffez , vapeur légere ,

Vuide aliment du fol orgueil ,

Grandeur , Richeffe menfongere ,

Qu'engloûtit la nuit du cercueil !

Vain Simulacre qu'on renomme ,

Du monde réel Ennemi ,

Fuyez.... Il me fuffit d'être homme ,

Et d'avoir un fidele Ami.

O tendre moitié de mon être ,

Objet divin , fois raffuré !

Ofe éprouver , ofe connaître

Mon cœur par l'honneur épuré !

Tu le verras toujours fidele ,

Suivre ton char dans les deferts ,

T'aimer , t'adorer dans les fers ,

Et te trouvant toujours plus belle ,

Trouver dans ton fein l'Univers.

B

Mais aussi daigne me conduire,

Daigne dans mon choix m'éclairer ;

En te cherchant, je puis errer ;

Mon cœur trop facile à séduire,

Par son penchant peut m'égarer.

Je pourrois devenir peut-être

Ami comme on devient amant ;

Un amant aime sans connaître ;

L'Amour est l'enfant d'un moment.

Qu'audessus des folles tendresses,

A la Raison je sois soumis ;

Le Sentiment fait les Maitresses,

Et la Raison fait les Amis.

Vers ton Temple regle ma marche ;
Veille, préviens toute démarche
Dont je pourrois me repentir ;
Et ne laisse, sur mon passage,
Que cœurs bienfaits, dignes d'un Sage,
Nobles & vrais, nés pour sentir.

Écarte ces cœurs intraitables ,

Toujours d'eux-mêmes différens ,

Altiers , bizarres , indomptables ,

De leurs Amis jaloux Tirans ;

Ces cœurs équivoques & fombres ,

D'éternels foupçons accablés ,

Enveloppés d'épaiffes ombres ,

Même avec toi diffimulés ;

Ces cœurs qu'endurcit l'opulence ,

Fiers de paroître protéger ,

Dont l'infultante bienveillance

T'avilit fans te foulager ;

Ces cœurs qu'accable un fafte extrême ;

Froids , ftériles , inanimés ,

Infenfibles au bien fuprême ,

Au bien d'aimer & d'être aimés ;

Ces cœurs legers , ces efprits vuides ,

D'objets nouveaux toujours avides ,

Ardens & glacés tour à tour ,

Qui sans repos , sans consistance ,

Te font , livrés à l'inconstance ,

Autant d'outrages qu'à l'Amour ;

Ces cœurs , vers la Terre , sans cesse

Par leur propre poids entraînés ,

Pétris des mains de la Bassesse ,

Par l'or à ton char enchaînés ,

Qui , prévoyant de loin l'orage ,

Sans bruit désertent tes lambris ,

Par un lâche & dernier outrage

Ne retournant dans ton naufrage

Que pour t'en ravir les débris ;

Ces cœurs affreux , ces cœurs infames ,

Contre leurs Bienfaiteurs trompés

Marchant dans l'ombre enveloppés ,

De noirs complots , de sourdes trames ,

Et qui , sous ton sacré manteau ,

De la rampante Perfidie
Par les ténébres enhardie
Cachant l'homicide couteau,
Volent, en leur fureur tranquile,
D'un air affable & careffant
Dans tes bras leur unique azile ;
T'affaffiner en t'embraffant ;
Ces efprits faux, vains & futiles,
Auffi malfaifans qu'inutiles,
Du blâme avides écumeurs,
Par l'organe de qui circule
Le fiel amer du ridicule
Sur les talens & fur les mœurs,
Dont la méchanceté frivole
Te perd gaiment pour un bon mot,
Et, pour prix de tes foins, t'immole
Au vil amufement du Sot.
Je veux, me refpectant moi-même ,

Que mon Ami me faffe honneur,

Qu’on m’eftime par ce que j’aime ;

L’eftime eft le premier bonheur.

Qu’un double lien nous uniffe,

Mais par d’irréprochables nœuds ;

Je n’en veux point dont je rougiffe ;

Qui peut rougir , n’eft plus heureux.

    Mais dans ce calme des prairies ;

De mes profondes rêveries

Qui rompt le fil intéreffant ? ....

Un jour plus pur dore ces rives ;

Le verd de ce berceau naiffant

Devient plus doux , ces eaux plus vives,

Et ce zéphir plus careffant.

O charme ! ô joie inattendue !

Je vois fous ces ombrages frais,

Je vois l’Amitié defcendue !

Mon cœur me rappelle fes traits.

Paré des mains de la Nature,

Son visage brille sans fard,

Ses yeux charment sans imposture,

Son front s'épanouit sans art.

Sur ses levres avec les Graces

Siége l'utile Vérité ;

La Paix, les Mœurs, la Liberté

Suivent son char, sement ses traces

Des roses de la Volupté.

O toi, l'honneur de la Nature,

Belle des outrages du Tems,

Dont notre hiver fait le printems,

Passion d'un cœur qui s'épure,

Azile de tous les instans,

Nimphe, dont j'adore l'image,

Qui viens à moi les bras ouverts,

Reçois mon éternel hommage !

C'est toi, qui m'inspiras ces vers ;

Embellis-les de tous tes charm;

Qu'avec de si puissantes armes

Ils parcourent tout l'Univers,

Moins pour conquérir les suffrages,

Pour ravir l'encens des mortels;

Que pour forcer leurs cœurs volages

A le bruler sur tes Autels.

F I N.